I EDIZIONE: NOVEMBRE 2002
TITOLO ORIGINALE: JE VEUX UN CLONE
© ÉDITIONS DU SEUIL 2002.
TRADUZIONE ALESSANDRO MAGRINI
LETTERING CARLO GRECHI.

VIA ALBERICO II, 33 - 00193 ROMA
www.editoririuniti.it
ISBN 88-359-5287-5

VOGLIO

UN CLONE

CHE MI OBBEDISCA

A COMANDO

CHE BACI I BAFFI
DI ZIA CARMELA

MENTRE IO "DIPINGO"
LA SUA MERCEDES

CHE CONIUGHI IL VERBO ANNOIARSI A SCUOLA

MENTRE SONO
IN MISSIONE IMPOSSIBILE,
NEI QUARTIERI DEL TERRORE

CHE PRENDA IL MIO POSTO

UANDO LA COSA SI FA TROPPO PERICOLOSA

CHE FACCIA LE FLESSIONI

MENTRE MANGIO UNA TAVOLETTA
DI CIOCCOLATO BIANCO

CHE PARLI CON ME

DI ME PER ORE E ORE

CHE MI CANTI UNA CANZONCINA
QUANDO HO PAURA DEL BUIO

ANCHE SE SONO

TROPPO GRANDE PER QUESTE COSE

CHE RESTI SEMPRE MIO AMICO

ANCHE QUANDO MI PUZZA L'ALITO

CHE ASSAGGI SENZA STORCERE IL N

TUTTE LE MIE NUOVE RICETTE

CHE SIA LA MIA SECONDA VITA

COME NEI GIOCHI

CHE FACCIA LA CACCA AL MIO POSTO

QUANDO HO COSE
PIU' IMPORTANTI DA FARE

A cui tingere i capelli di arancione

PER VEDERE COME STAREI

CHE SIA BELLO

I GIORNI IN CUI SONO UNA SCHIFEZZA

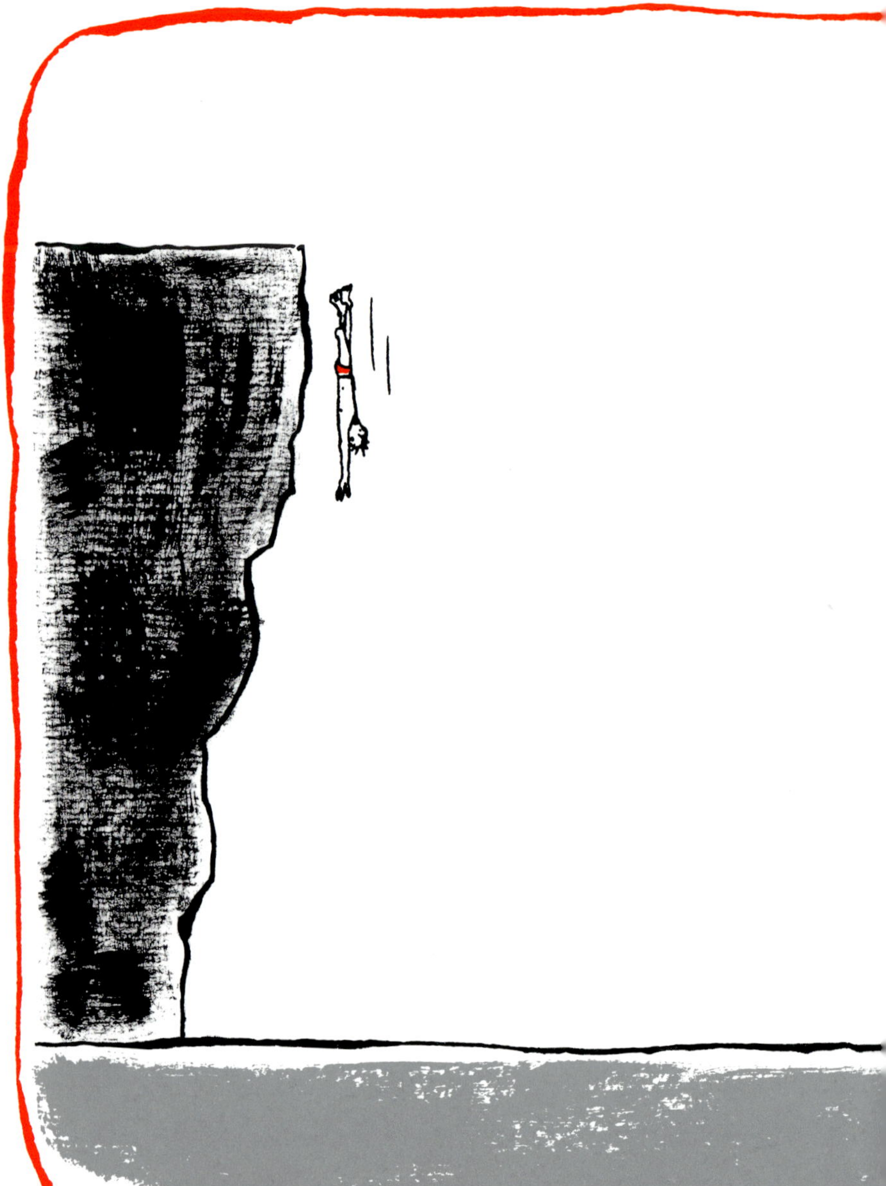

CHE FACCIA SENZA ESITAZIONE
TUTTO QUELLO CHE NON FACCIO

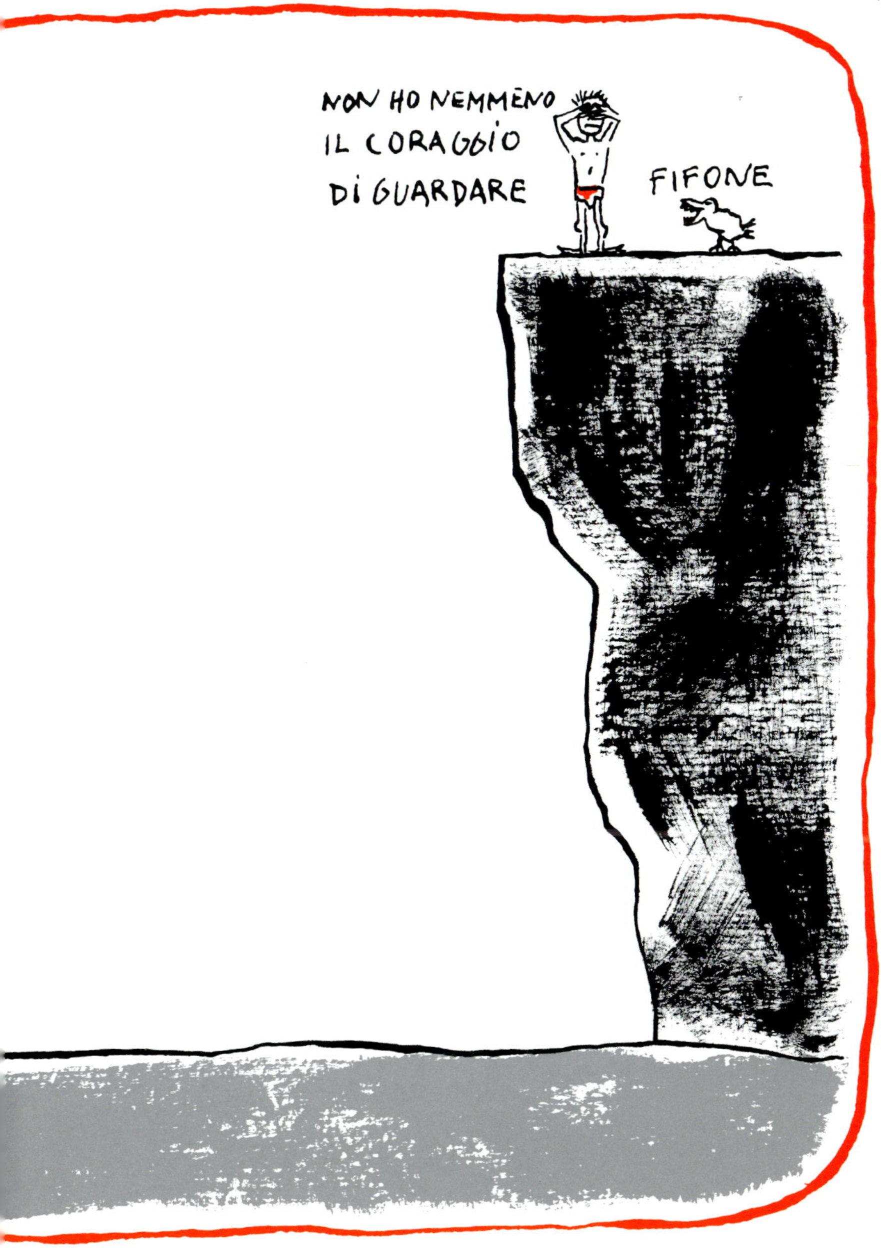

PER PAURA DI SBAGLIARE

CHE ROMPA IL MUSC

A GIGI IL TEPPISTA

CHE SIA UN BANCHIERE AMANTE DELL'ARTE

E IO UN ARTISTA AMANTE DEI BANCHIERI

CHE DICA A MIA MADRE

GUARDANDOLA NEGLI OCCHI

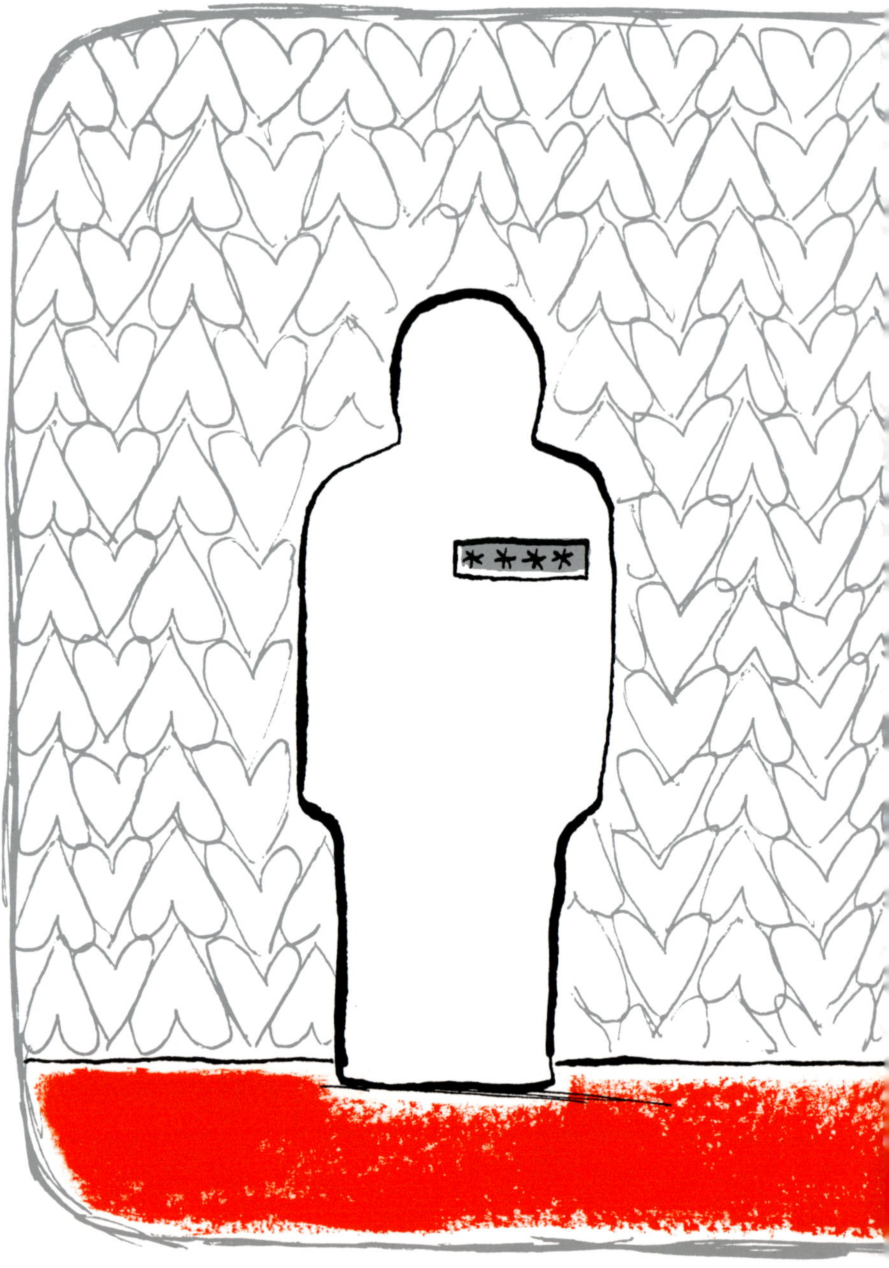

CHE RESTI NEL FRIGORIFERO

UANDO NON HO BISOGNO DI LUI

sí, io SOGNO

DI AVERE UN CLONE

MA MIA MADRE È
VIENI A SALUTAR
ZIA
CARME

TRATA NELLA MIA STANZA

MI HA DATO UN CEFFO

NE E MI HA SGRIDATO

QUESTA IDEA DEL CLONE

SE TUTTI AVESSERO UN CLONE SAREBBE

NON FUNZIONA PROPRIO